世界は、愛でできている

たかのてるこ
文と写真

愛って、なに？

それは
物語やラブソングに出てくるような
恋愛だけが「愛」ではなくて

自分を大事にしたり　家族や友だち　故郷を大切にしたり
好きなことを楽しんだり　自然の中で安らいだり……

何かを大事に思う気持ちは
すべて　愛だということ

たとえるなら
愛は　太陽のような存在で

太陽はまぶしすぎて　その姿かたちを見ることはできないし
ふだんは　その存在を　気に留めることもないけれど

太陽が「ある」ことを意識すれば
その存在を　たしかに「感じる」ことができるように

愛も　目には見えないけれど
自分が意識すれば
その存在を　たしかに「感じる」ことができる　ということ

私たちがお母さんのお腹にいるときに　包まれていた羊水や
私たち自身の　血や　汗　涙が
海の成分に近いのは

38億年前　地球に初めて誕生した生命が
海で生まれた名残で

私たちは今でも　体の中に海を持っていて
寄せては返す　波のリズムのように
地球といっしょに　呼吸している　ということ

赤ちゃんが　お母さんのお腹に宿った初めの頃
顔には魚の面影があり　手はヒレの形をしていて

その後　カエル（両生類）トカゲ（爬虫類）哺乳類らしい顔を経て
祖先の歩みをなぞってから　誕生することを思うと
私たちの命には　すべての“生命の歴史”が刻まれていて

どの命も　力いっぱい生きて
途方もない時間をかけて　命をリレーしてきた結果が
「今　あなたが　ここに生きている」奇跡だということ

私たちが　この世に生を受けたのは
お父さんの精子が“命の河”を泳ぎ切って
お母さんの卵子に　ゴールできたからなのだけど

それは　その長い道のりの中で
精子たちが　なんとかして命をつなごうと
助け合うように群れで泳いで　成しとげた受精であって

あなたは「競争」からではなく
「協力しあう」という　愛から生まれた存在　だということ

どんな生き物も　単独では生きることができないから
生態系の中で　かかわりあいながら　つながっていて

世界中で作られている農作物の多くは
ハチ　ハエ　チョウ　甲虫　コウモリ　鳥などの生き物が
受粉を手伝うはたらきによって　育まれていて

野菜や果物を食べている人間も　自然の一部で
自然界の循環という　大きな愛に生かされている　ということ

あなた自身が「息をしよう」と思わなくても
24時間　絶えまなく呼吸ができるのは

あなたの“小さな分身”である全細胞が　全力ではたらいて
体のすみずみに　血や酸素や栄養を運び
24時間　あなたの命を応援しているから　だということ

地球上で　人間ほど　成長に時間のかかる生き物はなく
保育園や学校を通して　共同で子育てをするのは
私たち人類だけで

ちょっと目を離したすきに
命を落とすこともある子どもが　大きくなれるのは
成長を見守ってくれる人が　いつでもそばにいるおかげで

記憶には残っていない時代に受けとった愛も
今のあなたを　つくっているということ

700万年前　アフリカで生まれた人類が
これまで　生き延びることができたのは

鋭い牙や爪がなく　肉体的に弱いからこそ
血縁を超えた大集団で暮らすうちに　言葉が発達し
“協力”しあって　狩りができるようになったからで

私たち人類は　助け合わないと滅びてしまうので
「困ったときは　お互いさま」の心で　食料を分け合い
互いにゆるし合いながら　命をつないできた　ということ

私たちが　食材を買ったり電車に乗ったりして　暮らしていけるのは
「安全で　平和な世界に住みたい」という願いは　誰もが同じだから

「自分がされたくないこと」は　人にもしないようにして
「自分がされたいこと」を　人にもしようと心がけながら
みんなで力を合わせて　この世界を作っている　ということ

どんな商品も　サービスも　道や乗り物や建造物も
数えきれない人たち　ひとりひとりが
懸命にバトンをつなげていく　リレーによって作られていて

私たちは毎日　知らず知らずのうちに
世界中の人が作った　食べ物や技術に“命”を預けて生きていて
この世界の愛を　肌で感じている　ということ

太陽がなければ
私たちは　1秒も生きられないように

愛がなければ
1秒も生きられない存在で

愛は　あなたの中にも　あなたのまわりにも

すでに「ある」もの　だということ

人類は 太古から数えきれない争いをしてきて
この世界で 愛よりも 恐怖が強ければ
私たちは とっくに滅んでいただろうけれど

次の世代に 憎しみよりも 愛を多く重ねていくリレーを
みんなで 懸命に つなぎつづけているからこそ

愛は 恐怖に まさりつづけていて
今日も 私たちは生きている ということ

人と人は　かかわりあいながら　影響を与えあい
みんな　どこかで　つながっているから

あなたが　得意なことをシェアすることも
誰かの喜びにつながり

あなたが　苦しいときに声を上げることも
誰かの生きづらさを救うから

どんな人も　それぞれの役割で
地球の愛を増やしている　ということ

NICE
REYNOSA
NICE
REYNOSA
NICE
REYNOSA

私たちはときに　心や体を壊したり
人から傷つけられたり
自分が人を傷つけてしまうこともあるけれど

苦しい時期をなんとか乗り越えるたびに
自分自身のことを　深く理解できるようになり
人の痛みにも　寄り添えるようになるから

あらゆる経験は　あなたの愛を深めるために
人生に登場した　先生だということ

あなたが　今のあなたになったのには　すべて　理由があるように
どんな人にも　今のその人になったのには　すべて　理由があって

赤ちゃんのときは　誰もが等しく
清らかで　まっさらだったことを思うと

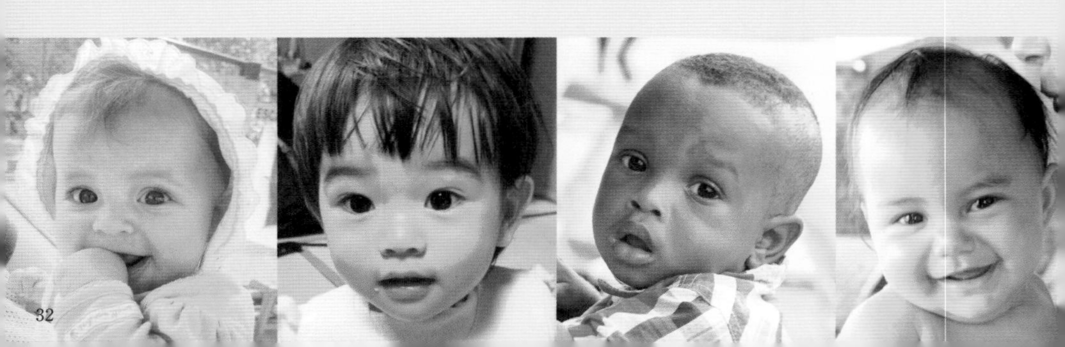

たとえ　あなたとは違いすぎて　理解できないような人がいても
もしも　その人が誕生してから今日に至るまで　どんな出来事があったのか
人生のすべての時間を　知ることができれば
「なぜ　その人が　今のその人になったのか」を理解できるはずで

自分が　その人と同じ環境に生まれていたら
自分も　その人になっていたかもしれないことを思うと
自分と　その人の本質的な違いは
自分が「その人に生まれなかったこと」だけかもしれない　と理解すること

「愛する」ことは「信頼する」「ゆるす」ことでもあって
誰かをゆるさずに　怒り(＝毒)を抱えていると
自分自身を傷つけつづけることになるから

心と体を大事にするためにも　怒りを手放して
どんなあなたも　ゆるされつづけているように
どんな人のことも　ゆるしつづけることが

ひとりでは　命をつなぐことができない人類が
この小さな星で　支え合いながら　生きている意味だということ

私たちはみんな　同じ太陽の下
同じ“地球学校”で生まれた　生徒のような存在で

ときに　人と比べて「私なんて……」と自分をイジメたり
過ちを犯してしまうこともあるけれど

日々　心を入れ替え　細胞を入れ替え
“新しい自分”に生まれ変わりながら　愛を学びあっていて
誰もが進化の真っ只中にある　ということ

あなたのまわりの環境は
「あなたの心を映す鏡」だから

人生を「勝ち負けを競うレース」だと思えば
人に優越感をもつか　劣等感をもつかの　どちらかになって
心に恐怖（＝不安や心配）が増えていくし

誰もが〈ごはん食べて　うんこして　寝て〉を繰り返す　同じ人間で
〈私たちは　上も下もなく　みんな平等〉だと気づけたら
心に愛（＝安心や平和）が増えていく　ということ

そもそも　私たち人間の遺伝子は
ほぼほぼ同じ（99.9％！）で

たった 0.1％の　遺伝子の違いは
あなたが　あなたであるための
かけがえのない個性だということを　忘れないこと

私たちは誰もが　世界にたったひとつしかない
自分の人生を味わうために生まれてきた
オンリーワンの存在で

ほんとうの愛とは
人のことも　自分自身のことも　尊重して
（犯罪以外は）自由にさせてあげること

太陽の光は　分け隔てなく　地球全体に降り注ぎ
空が雲に覆われても　その上で輝いていて

太陽に愛されていない人なんて　いないから
生きてさえいれば　何度だってやり直せるし

たとえ今日　失敗したとしても
太陽は明日も　平等に　あなたを照らしてくれるから
大船に乗った気持ちで　力いっぱい生きればいいということ

朝　目が覚めて　「生きている」ということは
体中の全細胞が　頑張ってくれて
生きとし生けるものが　命を与えてくれて
数えきれない先祖が　命をつないでくれたからで

今日も　あなたは

とんでもない量の　愛に支えられている　ということ

いつかは　この肉体とも愛する人たちとも　別れが来ると思うと
朝が迎えられることも　食べられることも
気持ちを伝え合えることも　笑い合えることも　有難いことで

「有難い（有ることが難しい）」は「めったにない」という意味で
今　生きていることは　決して当たり前のことではないから
なんでもない毎日も　期間限定の愛おしい日々だということ

あなたがまず　自分にもっともっと優しくして
体内の全細胞に「ありがとう」と感謝するほど
その愛を　まわりに広げていくほど

物事のネガティブな面に フォーカスしなくなり（焦点を合わせなくなり）
ポジティブな面に　フォーカスするようになって
たくさんの愛を　受け取ることができる人生になる　ということ

GABRIELA

太陽　空気　水　ありがとう

命を与えてくれる生き物　大地　海　地球　宇宙　ありがとう

人類1000億人以上の　ご先祖さま　ありがとう

家族　友だち　仲間　ありがとう

私の体を動かす　エネルギーになる食事　ありがとう

私の分身である 40兆個の細胞　うんこ おしっこ*　ありがとう

私の人生に　必要なものを作ってくれた人たち　ありがとう

私の日常に　必要なものを作ってくれる人たち　ありがとう

同じ地球で生きるみんな　ありがとう！

*うんこは「懸命にはたらいた細胞」から、おしっこは「全身をめぐった血液」から作られます。
どちらも、自分の“体の一部”として命を支えてくれて、その役目を終えた、尊い存在です。

笑顔であいさつされると　自然と笑顔になるように
「愛は伝染していく」ものだから

あなたが　自分の心がワクワクすることをして
自分らしく生きることが
地球全体の愛を　増やすことになる　ということ

THE LOCAL GENTRY
ASCENT

命をまっとうするまで
あなたのすることは　ただひとつ

どんな自分も愛して　ゆるして
まるごと受け入れること

それは

人と比べて　自分をイジメず

毎日　自分をほめちぎること

今日も　あなたは

太陽　自然　たくさんの先祖から　応援され

祝福されていることを　忘れずに

息をするように

すべてに愛を感じて

今 この瞬間を 愛で生きよう！

この本が生まれるまで

この本が生まれたキッカケは、私が教えている大学での、学生との会話でした。彼女から「てるこさんのこと、初めは偽善者かと思いました。授業で愛について語り出すし……」と言われ、衝撃を受けたのです。

じつは、このシリーズ本の１作目は、教え子の悩みに答えた『生きるって、なに？』という本から始まりました。以来、学生に本を贈るのが恒例で、本に書いた愛について、私はこんな風に話したのです。「恋愛だけが愛ではなくて、自分のことを大事にしたり、家族や友だちを大切にしたり、好きなことを楽しむことも、何かを大事に思う気持ちは、全部、愛なんだよ」

ところが彼女は､愛という言葉にアレルギーがあったというのです。「偽善者って！」と吹き出すと、「でも今は違いますよ～。愛を実感したいから、私も旅に出たいです」と言ってくれて、胸が熱くなりました。と同時に、私自身、海外をひとり旅するまでは、愛ほど胡散くさいものはないと感じていたことを、ありありと思い出しました。海外旅に出て、私は初めて、信頼という「愛」がなければ、知らない人の作った食べ物も食べられないし、知らない人の運転する電車にも乗れないし、私たちは愛なしには１秒も生きられない存在だと、思い知らされたのです。

考えてみれば､「愛」という言葉を毎日、見聞きしながらも、愛そのものは目には見えず、その存在を科学的に証明することはできません。そして、愛を感じる場所である「心」も、心臓と脳が協力しあっていることが分かってきたものの、その正体は解明されていません。

でもそれは、幸せや、時間、記憶、友情も同じで、目には見えない大切なものが、この世には無数にあります。自分の体を支えてくれる細胞も肉眼では見えず、全てのはたらきは解明されていないものの、その集合体である「体」がどれだけ奥深く神秘的か。私たちは一見、物質的な世界で、科学的に解明されたことだけを信じているようで、その一方、目には見えないものを大切にしながら、精神的（スピリチュアル）な世界を生きている、といっても過言ではありません。

目に見えない大事なものは、太陽のような存在だと私は思っています。すべての生き物は、太陽の光と熱のおかげで生命を維持できますが、太陽はまぶしすぎて直視できません。でも自分が意識すれば、日差しや陽のぬくもりから、その存在を「感じる」ことができます。

愛や幸せも、自分自身が「感じる」しかないものなので、お金で買えるような物質的なモノではありません。だからこそ、物質的に恵まれ何不自由なく見える人でも、目には見えない心の中では、虚しさや劣等感を抱えていて、本当は愛や幸せを感じられていないケースが珍しくないのだと思います。

私たちはつい、金持ちになれば、世界が自分の思い通りになれば、幸せになれるのに……などと考えがちですが、富も権力も手に入れた独裁者の末路が、古今東西、どれほど悲惨か。欲望が無限にあって、金銭欲、物欲、権力欲、色欲、承認欲が次々と湧いてくる渇望状態は、裏を返せば、何をどれだけ手に入れても、心が満たされていない証だと思わずにいられません。

そんなふうに考えるうち、「愛」とは「感謝できること」で、「感謝できること」がまさしく「幸せ」で、「愛＝感謝＝幸せ」なんだと、痛感するようになりました。私たちはつい、人生をむずかしく複雑に考えがちですが、じつはこのぐらいシンプルで、人の幸福度は、どれだけ多くの愛（＝感謝）に気づくことができるか、に尽きるのではないかと。

そういう私自身、18年勤めた会社員時代、最後は上司に疎まれ、人間としての尊厳を奪われたような気持ちになり、心身がズタボロで、まさに“愛の不感症”になっていました。

ところが勇気を出して会社を辞め、執着を手放した途端、見えない鎖から解放され、生きているだけで有難いと思えるようになり、残ったのは「幸せ」だけだったのです。私はもう誰かの期待に応えるためではなく、自分自身を喜ばせるために生きていいんだ！ と。

そして、人生で溜め込んでいた怒りを、ようやく手放すことができました。何より、怒りは“毒”なので、怒りを抱えていると、自分を傷つけ続けることになってしまいます。なので私は、自分自身を大事にするためにも、〈傷つけてきた人たちのことをゆるす〉自分を、ゆるしたのです。

特に私は、幼稚園と小学校の教師から受けた暴力と暴言、小2で誘拐された時の性暴力のダメージが凄まじく、根深い人間不信があったのですが、海外ひとり旅に出る度に、この本に登場するような善き人たちと出会い、人を信じる気持ちを育むことができました。

たとえば、私は暴力教師を憎んでいましたが、彼に影響を与えたのは彼の親であることを考えると、憎むべきは親なのか、待てよ、その親に影響を与えたのはその親で……と遡るうち、いったい何世代、何十世代、遡って憎めばいいんだ？　と気が遠くなりました。

さらにもっと遡れば、どんな人も、700万年前にアフリカで誕生した、人類の“共通の祖先”から命を受け継いでいて、私たちのルーツは同じなのです。相手を憎むことが、自分自身のルーツを憎むことにもつながると思うと、憎み続けることが虚しくなってきたのでした。

——人類はみんな、ルーツが同じだからこそ、世界中のあらゆる人、自分の尊敬するあの人も、自分の苦手なあの人も、私たちの遺伝子は99.9％同じで、たった0.1％しか違わないという事実。そして、自分の命が、38億年前の海で生まれた“共通の祖先”から、綿々とリレーされてきたのと同じように、街を行き交うあの人の命もこの人の命も、38億年続いてきた、尊い奇跡の命だということ。私たち生き物はみんな、たったひとつの生命から生まれた命を受け継いだ子孫で、同じ星に住んでいる仲間だということ。

今ではこんな風に思えるようになったものの、かつての私には、自分を苦しめた人たちに、罪を理解させた上で謝ってもらいたいという気持ちがあったのです。でも、それももう要らないと思うようになりました。なぜなら、彼らが社会的な制裁を受けていようと、いなかろうと、愛に満ちた人生を送っていないことは明らかだと思ったからです。

例えるなら、晩年に良心の呵責から罪を告白する人や、逃亡の果てに逮捕される人がいますが、こういう人はずっと「自分は悪くない！」と自分をだまし続けていたわけで、そんな日々に心の平安があるはずがなく、実際に服役はしていなくても、自分で作った刑務所に入っていたも同然だったと思います。それと同じで、攻撃的な人は「すでに罰を受けている」状態にあると思うのです。どれだけ自己肯定感が強く「相手が全部悪い、自分はいつも正しい！」と自分をだまし続けていても、心の奥底では「自分の人生は愛に満ちていない」し、「いつも不安で、見下されたくない恐怖（＝劣等感）で生きている」ことは、本人が一番わかっていると思います。

人間はひとりでは生きることができないからこそ、みんなで生きているのに、同じ地球に生きる人のことを仲間だと思えない人は、愛を感じることができず、虚しい人生を送っているに違いない。そう考えると、すでに「愛を感じることができない」という、人間として最も苦しい罰を受けている人を、憎しみ続ける必要はないんじゃないか。憎しみに力を注ぐよりも、こういう気の毒な人がいなくなるよう、地球の愛を増やすことに力を注いだ方が、私自身も救われるように思ったのです。

そう決意したきっかけは、欧州21ヵ国をめぐった鉄道旅の道中、かつてユーゴスラビアと呼ばれた国での出来事でした。私は"命の恩人"ともいえる気風のいい青年と出会い、月明かりの下、世界遺産の美しい橋近くの川岸で、彼と飲み明かしていました。ふと、彼の体中に、鋭利なモノで切られたような無数の傷跡があるのが気になって尋ねると、少年時代に起きた紛争時、兵士らに拷問され、半殺しの目に遭わされたというのです。

そして話し込むうち、彼が「じつは……俺は人を殺したことがあるんだ」と告白してきました。暗闇に二人きりでしたが、彼が元殺人犯だと聞いても、不思議と怖くありませんでした。むしろ、子どもの頃におぞましい拷問を受け、"暴力の破壊力"を徹底的に刷り込まれていたら、人から再び凄まじい暴力を受けたときに、暴力を解決手段にしてしまうのも分からないではない、と思ってしまう自分がいました。

詳しくは拙著『人情ヨーロッパ』に書いたので割愛しますが、未知の国で困り果てていたとき、ただひとり親身になって助けてくれた彼は、かつては被害者で、のちに加害者となった人だったのです。

誰もがこの世に「オギャー！」と誕生したときは、純度100％のスタートで、赤ちゃんは人を憎んだり、誰かを傷つけてやる、などと考えたりしません。ピカピカでまっさらな赤ちゃんを見ると、世の中を不幸にするために生まれた人はひとりもいないし、生まれながらの犯罪者なんているはずがない、と心底思います。たとえば、犬や猫も虐待を受けると凶暴化したり心を閉ざしたりしますが、暴力で心が破壊されるのは、人間も同じです。

彼もある日突然、人を殺すような人に変身したのではありません。私は彼と出会い、人を傷つける人は、心が破壊された何かしらの原因が100％あるのだと、確信せずにいられませんでした。しかも心が壊れた原因には、必ずと言っていいほど人間が関わっています。

そして、どんな酷い事をした人も、異世界から現れた怪物ではなく、その人を生み出したのは、ほかでもない私たちの社会だということ。私たちはみんな、同じルーツを持つ同じ人間で、地続きの存在だということ。人間は生きている限り、誰でも間違うことがあるし、誰もが「自分だけは絶対に人を傷つけないし罪を犯さない」とは言い切れないということ。

とりわけ、日本でも海外でも凶悪事件の犯人は、十分な愛情を受けられずに育った人が多く、暴力や暴言にさらされると脳が傷つき、感情や理性を司る部位が萎縮し、脳を変形させることが分かっています。もちろん、虐待された子どもが全員、加害者になるわけではありませんが、虐待が脳の発達を妨げ、人格形成に与える影響の大きさを思うと、変えるべきなのは、そのような人を作り出してしまう、社会の構造にあると私は思うようになりました。

1979年、スウェーデンが世界で初めて、親の体罰を法律で禁止し、2020年、日本でもようやく、子どもへの体罰禁止が法定化されました。「どんな理由があろうと、暴力も精神的な暴力（言葉や態度による、心への暴力）も犯罪！」という概念ができたことで、虐待の被害者だった子どもが親になり、虐待の加害者になってしまう、暴力の連鎖が止まることを祈るばかりです。

そして最新の研究では、脳の損傷も、治療によって改善する可能性があることが分かっています。

虐待で脳が十分に発達せず、人を信頼できなくなっていた人を、刑務所に入れて（あるいは死刑にして）終わりでいいんだろうか……と考えずにはいられません。

人権と脳科学が進歩し続ける21世紀。世界の潮流は死刑廃止で、先進国で死刑制度を維持するのは、日本と米国の一部だけで、欧州では「絶対的終身刑（仮釈放の可能性のない終身刑）」ですら、人権違反という時代になっています。

この本の執筆中も、酷い事件が起きる度に、胸が押しつぶされそうになりました。でもその一方、のちに犯人の生い立ちを知ると悲惨で、満足な愛を与えられなかった生育環境であることが多く、なんともやるせない気持ちになります。

さまざまな事件の犯人の生い立ちを知るほどに、私は、私に暴力を振るった人たちも、自分の劣等感を埋めるために弱者を虐めずにはいられなかった、気の毒な人たちだったのだと理解できるようになりました。彼らもかつて、何かしら虐げられた子どもだったに違いないと。

人を傷つける人は、その人自身、傷つけられてきた人で、大事に扱われてこなかったことが原因で、心（脳）を壊したからこそ、人間としての尊厳を取り戻して、悔い改め、生き直してほしいと願わずにいられません。ユーゴの青年が、今では彼の過去を知る町の人たちにも慕われ、旅人の私を救ってくれるような、人情深い人に生まれ変わったように！

彼と出会って以来、私は、人をゆるすことで、自分自身のこともゆるすことができるのだと、実感するようになりました。自分が幸せになるために、自分が自由になるために、ゆるすのだということ。そして、ゆるすというのは、１度や２度のことではなく、これからも生きている限り、ゆるし続けよう、自分も自分の先祖たちも、ゆるされてきたのだから、と。

力いっぱい生きて、命をバトンしてくれた私たちの先祖は、数多くの争いや戦争を生き延びた人たちで、「自分の先祖だけは戦争に参加していない」という人はこの世に存在しません。

人生は死ぬまで、ゆるし、ゆるされて。人をゆるし続け、自分もゆるされ続けるのが、ひとりでは命をつなげない人間が、支え合いながらみんなで生きている意味だと、私には思えるのです。

思えば、愛を信じるどころか、「こんなに辛い目に遭うなら生まれてきたくなかった」と世界を恨んだこともあった自分が、愛の本を書くとは想像もしませんでした。過去の自分を思うと、人生観（＝人生に対する考え方）が悲観的で、前世のように遠く感じます。

人生観をアップデート（更新）した今では、未来は希望しかない！ と思えるようになりました。そして、あれほど「自分なんて……」と“自分イジメ”をしていた私が変わることができたことを思うと、「どんな人も、どんな世界も、まだまだ変わることができる！」と本気で信じることができるようになったのです。

人生観も性格も、日々の意識によって作られるので、いくらでもアップデートできます。私も毎朝、陽の光を浴びる度に、太陽を意識して「地球を照らしてくれて、有難う！」と伝えるようになって“感謝グセ”が身につき、未来を明るく考えられるようになってきました。

言葉には「言霊（言葉に宿る霊力）」があるので、自分の言葉が変わると、行動が変わり、人生が変わっていきます。ぜひ自分自身に、“言葉の呪い（＝制限）”ではなく、“言葉の魔法”をかけてあげてほしいです。

とはいえ私自身、気づかないうちに自分を制限し、自然を愛してやまないのに、近所の公園に行くのは「仕事が一段落した時のごほうび」だと思い込んでいました。あるとき、緑の陽だまりにいるだけでこんなに幸せを感じるのに、なんで私は自分への愛をケチってたんだ？ とハタと気づいたのです。以来、毎日のように日没時刻を調べ、夕方になると大好きなコーヒーを魔法瓶に入れ、原稿を持って公園通いを始めて、どれだけ幸福度がアップしたか分かりません。

何より、一日一回でも、太陽の下で大きな空とつながると、心が晴れ晴れとします。

空が夕陽に染まり始めると、色合いが日々違うので、ほれぼれ見入ってしまうのですが、犬連れの人も走る人も空を見上げていないので、この世界の美しさに気づいてるの、私だけ!?　みんな、夕空を見てみてー！ と叫びたくなるほど（笑）、青空から夕焼けを経て、夜空へと移りゆくさまのドラマチックなこと。世界は色鮮やかで、毎日、本当に美しいです。

うれしいことに、日々、地球とのつながりを意識するようになって、感謝が増えていき、自分自身のことも、自然とほめられるようになってきました。私は講演で、元気の秘訣を聞かれると「毎日、"自分ほめ"をぜひ！ 朝晩やお風呂で自分の体に感謝して、トイレの度に『うんこ、おしっこ、ありがとう』と自分の細胞をねぎらってあげてください」とおすすめしているのですが、「いや〜自分をほめるなんて」と、自分への愛をケチる人の多いこと。

私も以前は、自分に厳しく、つい（今日は何もできなかった……）などと責めがちでしたが、どんな日も毎日、全力で頑張ってくれている細胞に対して、失礼だと気がついたのです。

考えてみたら、私たちは子どもの頃から成績等で評価され、「人からの評価＝自分の価値」だと思わされています。もちろん、人からほめられるのはうれしいことですが、人からほめてもらうことが人生の目的になると、常に人の価値観に合わせて生きることになってしまいます。なので、まず、自分で自分自身のことをほめてあげられるようになってほしいのです。

ただ、夕食を食べても翌朝にはお腹が減るように、愛もマメに補充しないと減ってしまうので、ぜひ日課に！ 起きた時と寝る前に、p50のように感謝＆"自分ほめ"を習慣にすると、幸せな気分で眠りにつけて、朝も気持ちよく一日をスタートできるので、特にオススメです。

私は、このシリーズ本をまわりの人にシェアして、いっしょに地球の愛を増やしている気持ちでいるのですが、本に込めた思いに共感してくださった方が、まわりの人にも愛を広めていただけると、これほどうれしいことはありません。
（＊詳しくは、次ページの〈シェア・プロジェクト〉をぜひ）

人生は、ありがとう（＝愛）にどれだけ気づけるかのゲームのようなもの。なので、真剣に生きても、深刻にならずに、なるべく気楽にいきましょう。おたがい、自分への愛をケチらず、いつでも自分をほめちぎって、楽しく健やかな毎日でありますよう！

たかのてるこ

〈「生きるって、なに？」シリーズ〉 シェア・プロジェクトのご案内

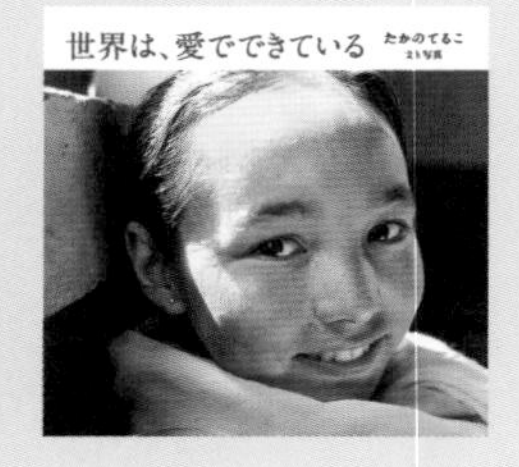

ひとりでも多くの人に届けたい気持ちで自費出版を始めて以来、
〈シェア・プロジェクト〉を続けています。
今作を含むこのシリーズに共感してくださった方で、
本を広くシェアしてくださる方を募集しています！

まわりの友だち、お子さん、ご両親、大切な人への、ちょっとギフトにも最適なので、よかったらぜひ、お誕生日や、入学・卒業・就職・退職・独立祝いなどに、あなたの優しい気持ちをシェアしてくださいますよう。SNSやブログ、レビュー等で、本の感想をシェアいただくのも、大歓迎です！

●全国の書店、丸善ジュンク堂書店（全90店舗）で、ご購入・ご注文いただけます。

●「Amazon」「楽天ブックス」「honto」「e-hon」「セブンネットショッピング」でも、ご購入いただけます。
また、「Amazon kindle」で、電子書籍も配信しています。

■ 10冊ご購入いただける場合、1冊410円＋送料無料で、シェアしています。

お知り合いにプレゼントしてくださる方、自分のお店や、お知り合いのお店で販売してくださる方に、
1冊 410円（税込）＋送料無料で、特別にお分けいたします。
（今までに、カフェ、雑貨店、アパレル店、美容院、マッサージ店、病院、カルチャー教室等でシェア頂いています）

学校の教材や、結婚式・卒業式・成人式のお祝い品、会葬品など、さまざまな会で使って頂くことも多く
40冊ご購入の場合は1冊380円、100冊ご購入の場合は1冊350円で、税込＋送料無料でお分けしています。

＊詳しくは、ネット書店「テルブックス」HP
https://terubook.thebase.in をご参照ください。

■講演・トークイベントをご検討くださる、学校や自治体、団体の方は、
たかのてるこ HP www.takanoteruko.com よりお気軽にお問合せください。

〈「生きるって、なに?」シリーズ〉、第1弾

『生きるって、なに?』

「生きている」ということは
人と「つながっている」ということ
世界と「つながっている」ということ（本文より）

生きることに、優しく、素直に、向き合う一冊。

文と写真　たかのてるこ
500円+税（テルブックス刊）

〈「生きるって、なに?」シリーズ〉、第2弾

『逃げろ　生きろ　生きのびろ!』

今いる場所が　心が折れるぐらい苦しければ
置かれた場所で咲かなくていいから
逃げてもいい　ということ（本文より）

頑張るだけじゃない、心軽やかに生き延びる。

文と写真　たかのてるこ
500円+税（テルブックス刊）

〈「生きるって、なに?」シリーズ〉、第3弾

『笑って、バイバイ!』

人生を卒業するとき　最も心を満たしてくれるのは
富や成功ではなく　どれだけありのままの自分で
愛いっぱいに　命をまっとうしたか　だけだということ（本文より）

“人生最後の旅”を楽しみにできたら、毎日がもっと楽しくなる!

文と写真　たかのてるこ
500円+税（テルブックス刊）

たかのてるこ　地球の広報・旅人・エッセイスト

「世界中の人と仲良くなれる！」と信じ、7大陸・70ヵ国を駆ける旅人。ベストセラー『ガンジス河でバタフライ』は“旅のバイブル”として幅広い年代から支持され、ドラマ化もされ話題に。

世界の魅力を伝える、ラブ＆ピースな“地球の広報”として、各地での講演、メディア出演、大学講師など、幅広く活動中。著書の累計は、70万部超。

大学の教え子の悩みから生まれた本、『生きるって、なに？』シリーズや世界の旅映像の上映つきで、小中高大学・自治体など、全国で講演中。

HP　www.takanoteruko.com／Twitter　@takanoteruko

■たかのてるこの本

ガンジス河で
バタフライ

ダライ・ラマに
恋して

ジプシーにようこそ！
旅バカOL、
会社卒業を決めた旅

あっぱれ日本旅！
世界一、スピリチュアルな
国をめぐる

純情ヨーロッパ
呑んで、祈って、脱いでみて
〈西欧＆北欧編〉

人情ヨーロッパ
人生、ゆるして、ゆるされて
〈中欧＆東欧編〉

世界は、愛でできている

2022年9月10日　初版発行

文と写真　たかのてるこ　www.takanoteruko.com
アートディレクション　高橋 歩
デザイン　伊藤 力丸
総合協力　林 綾野
編集協力　久保千夏　加藤 玲奈　東海林 薫　田出 寛子
発行　テルブックス　https://terubook.thebase.in
印刷・製本　株式会社 東京印書館

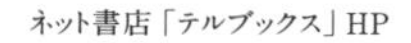

Thanks to　森本浩平　須田美音　三縞麻衣　長尾常利　杉本あゆみ　潮千穂　渡辺さゆり　石原多寧＆維人＆和汰　細川菊枝　三浦聡子　田中トシ＆サエ＆ナヅ　藤瀬吉徳　伊藤未丸　小川光明　田口康輔　独立行政法人 国際協力機構（JICA）（順不同）

万一、落丁・乱丁のある場合は、お手数ですが、たかのHPまでご連絡下さい。送料負担でお取替えいたします。

ISBN978-4-9910238-3-5 C0030